LA TOMBE

DE

MADAME VIGÉE-LEBRUN

A LOUVECIENNES

PAR

ALBERT VUAFLART

PARIS

1915

LA TOMBE

DE

MADAME VIGÉE-LEBRUN

A LOUVECIENNES

PAR

ALBERT VUAFLART

PARIS

1915

LA TOMBE

DE

MADAME VIGÉE-LEBRUN

A LOUVECIENNES

Madame Vigée-Lebrun rédigea son testament à Paris, sa ville natale[1], le 23 septembre 1829, à l'âge de 74 ans. Elle ne devait mourir que treize années plus tard, le 30 mars 1842, en son domicile de la rue Saint-Lazare, n° 99. Cette période de sa vie a été évoquée de façon délicieuse par M. Pierre de Nolhac : « Celle qui avait été l'artiste jolie et la femme à la mode du temps de Louis XVI, était devenue, sous la Restauration et le règne de Louis-Philippe, une vieille dame toujours gracieuse, encore entourée, qui donnait à souper, peignait des paysages romantiques et racontait volontiers ses souvenirs[2]. » « Elle allait toujours dans le monde avec l'entrain d'une femme de trente ans », raconte Jean Gigoux[3].

Cependant une série de deuils l'avaient accablée au seuil de la vieillesse. Ce fut d'abord son mari, le peintre et marchand de tableaux J.-B.-P. Lebrun qui mourut à Paris, dans sa maison de la rue du Gros-Chenet, le 7 août 1813. Elle en était séparée depuis

---

1. Louise-Élisabeth Vigée était née rue Coquillière, le 16 avril 1755. C'est à tort que plusieurs auteurs ont imprimé rue Coq-Héron.

2. Pierre de Nolhac, *Madame Vigée-Lebrun, peintre de la Reine Marie-Antoinette*. Paris, 1908, in-4°. — Édition in-8°, Paris, 1912, p. 7.

3. Jean Gigoux, *Causeries sur les artistes de mon temps*. Paris, 1885, in-18, p. 99-101.

longtemps, il lui avait coûté plusieurs fortunes, et néanmoins elle lui accorda de sincères regrets. Puis sa fille tant chérie, son unique enfant, Jeanne-Julie-Louise Lebrun décéda misérablement à Paris, rue de Sèvres, n° 39, le 8 décembre 1819, âgée de 41 ans. Cette fin lamentable jette une ombre pénible sur la mémoire de sa mère qui ne la secourut point. Elle avait épousé à dix-sept ans et contre le gré de celle-ci, à Saint-Pétersbourg, un certain Nigris, personnage peu recommandable, que l'acte de décès ne cite même pas. Enfin son frère bien-aimé, le littérateur Louis-Jean-Baptiste-Étienne Vigée, fut enlevé à son affection le 7 août 1820, à l'âge de 62 ans.

Les vingt dernières années de sa vie, Madame Vigée-Lebrun les partagea entre sa maison de Paris, des voyages et sa campagne de Louveciennes. Son testament nous apprend qu'elle possédait 11 300 francs de Rente perpétuelle, 2 835 francs de Rente viagère et 20 000 francs en deniers comptant. C'était pour l'époque une très honnête aisance, d'autant plus respectable que l'artiste la devait tout entière à son talent. Et ce n'était pourtant pas le tiers de ce que lui rapporta son immense labeur. Non qu'elle eût gaspillé, mais son mari avait été pour elle un bourreau d'argent.

Deux nièces vivaient dans son intimité, Madame de Rivière et Madame Tripier-Lefranc. La première, née Caroline Vigée, était la fille unique de son frère et l'épouse du chargé d'affaires de la Cour de Saxe. La seconde, née Eugénie Lebrun et femme d'un fonctionnaire de l'État, cultivait avec succès l'art du portrait où sa tante avait brillé d'un si vif éclat. D'inévitables rivalités s'exercèrent autour de l'artiste vieillie ; à tour de rôle elle accorda sa tendresse et sa confiance, se plaisant à entretenir les espérances de chacune. Madame Tripier-Lefranc exposait régulièrement ses œuvres au Salon de peinture, et cette affinité artistique jointe aux témoignages d'une affection partagée, semblait la désigner aux libéralités de celle qui encouragea son talent. Or, depuis 1829, Madame de Rivière était inscrite sur le testament comme légataire universelle, mais en 1839 et en 1842, Madame Tripier-Lefranc vit augmenter la petite part qui lui était dévolue. Encore lui fallut-il batailler avec le diplomate saxon pour entrer en possession d'un bien régulièrement légué.

A quoi bon rechercher les raisons de cette préférence qui choque l'équité. Madame de Rivière était née Vigée, donc de son sang, et son titre de baronne flattait trop des goûts aristocratiques que l'âge ne faisait qu'accentuer. Par la suite, l'élève reconnaissante qu'était Madame Tripier-Lefranc, montra tout ce que son cœur renfermait de sentiments généreux : inlassablement et secondée par son mari, elle exalta la mémoire et les talents de son illustre tante.

***

La question de sa sépulture préoccupa beaucoup Madame Vigée-Lebrun. Voici les termes de son testament olographe du 23 septembre 1829 :

Je veux être enterée au Calvaire et, pour tout monument, une colonne de marbre où sera un bas-relief gravé, une pallete avec les pinceaux avec ses mots : *Ici, enfin je repose*; au desous mes nom gravés ou sculpter. Je désire un enterement simple [1].

Le Calvaire où elle désire reposer, c'est celui du Mont-Valérien. La Révolution avait dispersé la *Congrégation du Calvaire*, mais les Bourbons venaient de rendre la montagne au culte de la Croix. C'est en 1822 qu'eut lieu l'installation solennelle des *Missionnaires du Mont-Valérien.* L'ancien cimetière fut rouvert et malgré le prix élevé des concessions, les demandes affluèrent. La haute société parisienne était sensible à son pieux romantisme, plus que quiconque l'artiste devait en goûter le côté pittoresque, recueilli et campagnard. Témoin ce passage de ses *Souvenirs :*

J'avoue que les églises champêtres m'ont toujours vue prier avec plus de ferveur que les autres. Je me souviens que mon amie, Madame de Verdun, me grondait souvent de ne point me montrer assez assidue au service divin. Certes, si je n'allais pas en France régulièrement à la messe, ce n'est point par irréligion; mais dans les églises de Paris où il y a foule, je ne suis pas assez avec Dieu. J'y vois des couleurs, des draperies, une multitude d'expressions diverses de physionomies, des effets de soleil : enfin comme la peinture et le bruit m'y poursuivent, je ne puis prier aussi bien que je le fais dans une église de village [2].

Des souvenirs affectueux rattachaient aussi Madame Vigée-Lebrun au champ de repos du Calvaire. Son amie, la comtesse Anne de Tolstoï, née princesse Bariatinsky, y reposait depuis 1825. Puis le chevalier de Rivière, confident de Charles X, y avait été

1. *Copie figurée du testament de Madame Vigée-Lebrun délivrée à M. Tripier-Lefranc par Me Gossart, notaire à Paris, détenteur de l'original.* Bibliothèque d'Art et d'Archéologie, Papiers Tripier-Lefranc.

2. *Souvenirs de Madame Vigée-Le Brun.* Paris, Charpentier et Cie, 1869, 2 vol. in-18. L'ouvrage est précieux parce que tous les faits relatés sont exacts, certains ont été laissés dans l'ombre, mais aucun n'est inventé. Néanmoins il ne faut en user qu'avec prudence en raison des multiples erreurs de détail, des contradictions, des dates erronées. L'artiste était d'un grand âge quand elle rassembla ses *Souvenirs.* Nous pensons qu'ils ont été écrits par Aimé Martin. L'édition originale, en 3 volumes in-8°, est de 1835.

enterré en 1828; il était l'oncle de Louis de Rivière, le mari de sa nièce, qui hérita de son titre de baron octroyé en 1822. Plus tard, une autre de ses amies, Madame de Genlis, devait y trouver le terme d'une existence mouvementée.

La Révolution de 1830 fut fatale au Calvaire du Mont-Valérien. Elle dispersa la Congrégation des Missionnaires et les concessions nouvelles furent interdites dans le cimetière. A partir de cette époque, les inhumations se firent de plus en plus rares, la dernière eut lieu en 1854[1].

Ainsi Madame Vigée-Lebrun se trouvait dans l'obligation de modifier les clauses de son testament touchant sa sépulture. Son goût n'avait pas changé, car elle préféra à une nécropole parisienne un cimetière de campagne, celui de Louveciennes, localité perdue dans la verdure, où « sa vie s'écoulait le plus doucement du monde », pendant huit mois de l'année[2]. Du reste elle aimait ce pays de longue date, depuis sa jeunesse; dans ses *Souvenirs* elle évoque avec émotion le Marly d'avant la Révolution et le charme de sa maison des champs :

L'aspect de ce séjour ravissant me fit alors tant d'impression, qu'après mon mariage je suis retournée souvent à Marly...

Hélas! quand je suis revenue en France, en 1802, j'ai couru revoir mon noble et riant Marly. Le palais, les arbres, les cascades, les bassins, tout avait disparu...

C'est en 1786 que j'allai pour la première fois à Louveciennes, où j'avais promis de peindre Madame Dubarry... Elle m'établit dans un corps de logis situé derrière la machine de Marly, dont le bruit lamentable m'ennuyait fort...

A mon retour de Suisse [1810], ne désirant pas habiter Paris l'été, j'achetai à Louveciennes la maison de campagne que j'ai encore. Je fus séduite par cette vue si étendue que l'œil peut y suivre pendant longtemps le cours de la Seine; par ces magnifiques bois de Marly, par ces vergers délicieux si bien cultivés que l'on se croit dans la terre promise; enfin par tout ce qui fait de Louveciennes l'un des plus charmants environs de Paris.

Les nouvelles volontés de l'artiste font l'objet d'un codicille rédigé à Louveciennes le 17 septembre 1831 :

Comme il ne m'est plus possible de me faire enterrée au Calvaire, je recommande à ma nièce Caroline de Rivière, née Vigée, ma légataire

1. Robert Hénard, *Le Mont-Valérien*. Paris, 1904, in-8°.

2. La propriété de Madame Vigée-Lebrun occupait l'emplacement limité aujourd'hui par la Grande-Rue, la rue de la Croix-Rouge, la rue de la Gare et la ruelle du Regard. La maison a été reconstruite; elle appartient à Madame Léon Thelier.

universele, de me choisir une place dans le cimetière de Lucienne et, pour tout monument, une colonne ou un pied d'estal sur lequel elle fera sculpté en barelief une pallete avec les pinceaux, au desous ses mots : *Ici, enfin je repose*, plus bas mes noms (Elisabeth-Louise Vigée-Lebrun). Le petit monument sera entouré d'arbres vert et fermer par une grille bronzé. Je désire un enterrement très simple, et que les pauvres du pays reçoive une somme de deux cents francs qui leurs sera partagée par ma nièce, en joint au Curé de Lucienne.

Il faut croire qu'un doute demeura longtemps dans son esprit, quant à l'exacte observation de sa volonté car, quelques années plus tard, elle se livra à une démarche singulière à l'égard des siens. En 1835, elle écrivit au maire de Louveciennes pour lui faire connaître son désir formel de reposer dans le cimetière de la commune, et elle poussa même la précaution jusqu'à transcrire la lettre à la fin de son testament. Vraiment elle s'exagérait la portée des intrigues qu'elle sentait rôder autour de son grand âge.

Ce 14 aout 1835, à Louvecienne.

Monsieur le Maire,

Ayant toujours pour Louvecienne une véritable prédilection, je désire, n'importe où je viendrais à mourir, que mes restes soient déposés dans une fosse particulière du cimetière de Louvecienne. En conséquence j'oblige mes héritiers de faire l'acquisition d'un terrain à perpétuité dans ledit cimetière, en ce conformant aux réglements en usage établis dans la commune. Je vous prie, Monsieur le Maire, de donner connaissance de cette lettre à mes héritiers lorsqu'il en sera tems, ne doutant point qu'ils remplissent mes volontés à cet égard.

Agréer, Monsieur le Maire, l'assurance de mes sentiments distingués.

E.-L. Vigée-Lebrun.

Le plus curieux est que, sur l'acte, cette copie de la lettre de 1835 vient *après* une approbation générale du testament datée du 12 mai 1838. On voit combien la méfiance qu'elle nourrissait fut tenace et, hâtons-nous de le dire, parfaitement injuste.

Au mois de juin 1841, étant à Louveciennes, Madame Vigée-Lebrun fut frappée de congestion cérébrale. Elle se rétablit cependant et, comme de coutume, elle regagna en novembre son appartement de la rue Saint-Lazare. Mais son état de faiblesse ne laissait que trop prévoir sa fin prochaine. Elle expira après quelques jours de maladie le 30 mars 1842, à 5 heures du soir, âgée de 87 ans; ses nièces, ses neveux, son médecin le docteur Tournié et ses fidèles serviteurs assistèrent à ses derniers moments. L'acte de décès fut établi le lendemain. Sa publication ne paraîtra pas superflue si l'on songe que les biographes de l'artiste, et même les éditeurs de ses *Souvenirs*, la font mourir le 29 mai :

Du trente-un mars mil huit cent quarante-deux, à midi, acte de décès de D[e] Louise-Élisabeth Vigée, rentière, âgée de 87 ans, membre de l'Académie royale de Paris, de Rouen, de Saint-Luc de Rome, d'Arcadie, de Parme et de Bologne, de Saint-Pétersbourg, de Berlin, de Genève, Avignon, veuve de sieur Louis-Jean Baptiste-Étienne Lebrun; née à Paris et y décédée en son domicile, rue Saint-Lazare 99, hier à cinq heures du soir, constaté par nous, maire, officier de l'état-civil du premier arrondissement de Paris, sur la déclaration des sieurs Jean-Nicolas-Louis de Rivière, conseiller de légation de Saxe, âgé de 63 ans, demeure susdite, Louis Constant, receveur de rentes, âgé de 62 ans, demeurant rue de la Victoire 31, lesquels ont signé avec nous après lecture faite.

Signé : L. DE RIVIÈRE, L. CONSTANT, MARBEAU, adjoint.

Le *Journal des Débats* du vendredi 1er avril 1842 annonça le décès et le service religieux en ces termes :

Madame Vigée-Lebrun, peintre d'histoire et de portraits, membre de l'ancienne Académie de Peinture en France et de presque toutes les Académies d'Europe, est morte hier, 30 mars, à l'âge de 87 ans.

Son convoi aura lieu samedi 2 avril, à l'église Saint-Louis d'Antin. On se réunira à la maison mortuaire, rue Saint-Lazare, 99, à neuf heures et demie. Ses nombreux amis sont priés de regarder le présent avis comme une invitation.

Les restes de Madame Vigée-Lebrun furent transportés à Louveciennes aussitôt après la cérémonie religieuse et inhumés de façon provisoire. L'achat de la concession perpétuelle par les époux de Rivière n'eut lieu que deux années plus tard, le 31 mars 1844[1]. On éleva le monument qu'elle desirait, il s'ombragea d'arbustes verts, puis l'oubli se fit sur la tombe de cette femme célèbre.

Francis Wey, le littérateur, passa plus de vingt étés à Louveciennes et s'intéressa beaucoup à son passé. Vers 1875 il lui survint la bonne fortune qui récompense le chercheur; un auteur anonyme, paraissant l'avoir bien connu, la raconte en ces termes :

Madame Wey fit un jour une découverte qui démontra ce que pèse la gloire humaine... Trente et quelques années — pas davantage — s'étaient

1. Archives de la Mairie de Louveciennes : *Concessions perpétuelles*, 1844. Le retard dans l'achat du terrain, évidemment causé par les difficultés que souleva la succession, a été signalé par M. Gaston Boudan au cours d'un article sur Madame Vigée-Lebrun publié par *Le Semeur* de Versailles, du 25 juillet 1914.

écoulées depuis [la mort de Madame Vigée-Lebrun]; trois ou quatre personnes seulement dans la commune avaient souvenir de cette illustre morte, et sachant qu'elle avait été ensevelie dans le cimetière de Louveciennes, n'auraient pu dire où se trouvait sa tombe.

Madame Wey errant dans ce cimetière le matin de la Fête des Morts distingua une pierre debout sous des broussailles qu'elle écarta. La pierre portait un médaillon sculpté représentant un autel antique sur lequel reposait une palette; un peu plus haut, un soleil envoyait sur cette palette un faisceau de rayons. Au bas du médaillon, ces mots étaient gravés : *Enfin, ici je repose.* C'est que la vie de Madame Vigée-Lebrun fut, en effet, traversée par de grandes épreuves domestiques. Madame Wey avertit le curé.

Il s'agissait alors de transporter le vieux cimetière au pied de l'aqueduc. Par ses soins, cette translation s'est faite; mais cette tombe restaurée dans un terrain neuf n'a plus la poésie que devait avoir une pierre ruinée toute couverte de lianes, dans le vieux champ des morts[1].

Ceci demande quelques mots d'explication. Madame Vigée-Lebrun avait été enterrée dans l'étroit cimetière communal sis en plein cœur du pays, à quelques pas de la vieille église. La création d'une nouvelle nécropole, plus vaste et surtout moins proche des habitations, date de 1870. L'endroit choisi se trouvait à six cents mètres environ de l'église, en marchant vers le nord-ouest, au delà et juste au pied de l'imposant aqueduc de Marly. Mais cet emplacement dominant la vallée de la Seine se trouvait être un point stratégique et les leçons de la guerre conduisirent à y placer, en 1872, un fort d'arrêt parfaitement dénommé Batterie des Arches. En sorte que le nouveau cimetière se trouva étroitement entouré par les ouvrages de fortification adossés à l'aqueduc. Puis l'ancien champ de repos fut désaffecté; il devint une place publique, ombragée de petits arbres régulièrement taillés à la mode de l'ancien temps. La translation des tombes se fit en 1880[2].

C'est ainsi que les cendres de Madame Vigée-Lebrun, ou tout au moins son souvenir que perpétue le monument pieusement réédifié, reposent au milieu des canons de la défense de Paris. *(Planche I.)*

Venant de Louveciennes, le visiteur suit un chemin montueux, franchit la route longeant l'aqueduc, passe sous l'une des arcades, pousse une grille de fer grinçante et pénètre dans le champ des morts le plus calme, le plus recueilli qui se puisse imaginer. Der-

---

1. Anonyme, *Louveciennes et Marly* dans *Seine-et-Oise illustré*, journal hebdomadaire. Paris, in-4°, feuille du 21 août 1887.

2. Ces dates nous ont été aimablement indiquées par M. le Curé de Louveciennes et par M. Boivin, maire-adjoint. Nous leur devons aussi les autorisations de photographier dans l'église et dans le cimetière; qu'ils veuillent bien trouver ici l'expression de notre vive gratitude.

rière lui l'aqueduc déroule ses anneaux puissants; autour de lui les pierres funèbres surchargées de fleurs et de verdure; au delà, les ouvrages gazonnés de la Batterie des Arches. Au mois de juin cette visite est un émerveillement : d'énormes rosiers, poussés au gré des ans sur la plupart des tombes, prodiguent l'odorante moisson des roses les plus connues de l'ancienne France.

Tout au fond du cimetière, à gauche et adossé au mur de clôture, se trouve le monument de Madame Vigée-Lebrun. Sur la pierre tombale, veuve de sa grille d'entourage, se dresse la stèle de marbre blanc surmontée d'une croix et portant ces inscriptions laconiques :

ICI, ENFIN JE REPOSE !
LOUISE-ÉLISABETH
VIGÉE-LEBRUN
DÉCÉDÉE LE 30 MARS 1842
DE PROFUNDIS.

A la partie supérieure se voit un médaillon rond (reproduit à la fin de cet article) gravé au trait, qui représente dans une couronne de laurier une palette avec les pinceaux posée sur un piédestal et dominée par un soleil rayonnant.

Le monument est en bon état, mais, envahi par les herbes, privé de tout souvenir apporté par les vivants, il laisse une impression de tristesse et d'abandon. Nulle rose pour le peintre de Marie-Antoinette qui plaça si souvent la fleur préférée dans la main de son auguste modèle.

Dans ses dernières volontés, l'artiste ne prévoyait pour tout ornement de sa pierre tombale qu'une palette sculptée en bas-relief. D'où vient alors l'idée de ce médaillon symbolique? D'une clause spéciale de son testament du 23 septembre 1829, où sa nièce Caroline de Rivière a puisé l'image des rayons de soleil illuminant la palette :

Désirant témoigner ma reconnaissance aux bienfaits que j'ai éprouvée à Pétersbourg, je veux qu'il soit placé une somme à perpétuité pour fournir un prix de cents francs par année pour un élève de l'Académie de Pétersbourg, qui sera donné à celui qui aura remporter le prix d'une tête d'expression à l'huile. Je désire que ce prix soit une médaille d'or en mon nom; on fera graver sur cette médaille, d'un côté : *Souvenir reconnaissant de Mme Lebrun*, et sur le revers une palette avec les pinceaux et au desus des rayons de soleil.

Le 26 février 1843 l'Académie accepta le don qui lui était fait et vingt-cinq ans plus tard, en 1868, elle confia l'exécution de

I. — Cimetière de Louveciennes
La tombe de Madame Vigée-Lebrun
Photographie prise le 6 mai 1915.

la médaille, du module de 28 millimètres, à l'architecte Rachau[1].

Ici, enfin je repose! Quel sens faut-il donner à cette inscription mélancolique que Madame Vigée-Lebrun exigea être gravée sur sa tombe? Il n'y faut pas voir une allusion à sa vie errante, à ses chagrins de famille, mais un hommage à sa passion de peindre qui la posséda toute sa vie. Au reste les phrases de son testament sont révélatrices : l'inscription est énoncée immédiatement après la demande du bas-relief représentant une palette, les deux idées sont liées. Et puis il est aisé de cueillir dans ses *Souvenirs* son propre témoignage :

Je continuais à peindre avec fureur, j'avais souvent trois séances dans la même journée...

En tout, j'ai prodigieusement travaillé à Rome pendant les trois ans que j'ai passés en Italie... je trouvais une grande jouissance à m'occuper de peinture...

...La passion de la peinture était innée en moi. Cette passion ne s'est jamais affaiblie; je crois même qu'elle n'a fait que s'accroître avec le temps, car encore aujourd'hui j'en éprouve tout le charme qui ne finira, j'espère, qu'avec ma vie.

Cela est si vrai qu'au cours de sa longue carrière, Madame Vigée-Lebrun ne dessina pour ainsi dire pas; ses dessins sont de la plus grande rareté et médiocres par surcroît. Son seul moyen d'expression était la peinture, et la liste qu'elle a donnée des 660 portraits issus de son pinceau, témoigne éloquemment de cette « fureur » de peindre qu'elle subit avec joie jusqu'à son dernier jour.

***

Outre l'honneur de posséder sa tombe, Louveciennes conserve un autre témoignage de l'affection que lui portait Madame Vigée-Lebrun. Dans la vieille église dédiée à Saint-Martin et qui a, au dire de l'abbé Lebeuf, « quelque chose de prévenant pour ceux qui respectent et aiment l'antiquité », se trouve une peinture de l'artiste représentant sainte Geneviève en prières (hauteur : $1^m,50$; largeur : $1^m,05$). Depuis 1822 elle orne la chapelle située à gauche du

---

1. Face : une palette avec un pinceau, entièrement entourée de rayons. Revers : *En souvenir reconnaissant, Lebrun, 1829*, sur cinq lignes, en caractères russes. Nous devons ces curieux renseignements à l'amicale obligeance de M. Denis Roche, membre correspondant de l'Académie de Petrograd et auteur d'un important *Dictionnaire des artistes français en Russie*, qui paraîtra quand les événements le permettront.

maître-autel, chapelle consacrée à la Patronne de Paris et à sa confrérie. (*Planche II.*)

J'aimais tant Louveciennes que voulant y laisser un souvenir de moi, je peignis pour son église une Sainte-Geneviève. Madame de Genlis qui sut que je m occupais de cet ouvrage eut l'amabilité de m'envoyer les vers suivants : ...

Négligeons la plate poésie de Madame de Genlis et courons au tableau. Hélas! c'est une déception et la critique sera sévère car il rappelle les productions chères au quartier Saint-Sulpice. L'œuvre est médiocre et manque de caractère; nulle originalité dans le dessin du personnage plus théâtral que dévot, aucun mérite dans le paysage; puis il y a des détails qui choquent, témoin ce mouton d'une anatomie déplorable et même les pieds nus que la Sainte a le grand tort de montrer.

Sans doute, mais il y a la séduction du coloris qui subsiste malgré les retouches et, bien qu'il offense la raison, il rachète les faiblesses de la composition. Le rouge du corsage, le bleu foncé de la robe, ces couleurs nous en avons admiré l'éclat et la profondeur dans maints portraits célèbres où l'humilité n'avait aucune part. Plaidons aussi les circonstances atténuantes; d'abord les concessions qu'il nous faut faire au goût compassé qui régnait du temps de Louis XVIII; ensuite, si nous avons certainement sous les yeux l'œuvre originale, n'a-t-elle pas été maladroitement dénaturée? Il est permis de le croire car le tableau a subi des traverses, il est rentoilé, repeint et même recoupé, semble-t-il; aucune signature n'apparaît, ce qui doit étonner, car l'artiste signa toujours ses ouvrages originaux, à plus forte raison un don fait à l'église de son village.

Toutes ces réserves faites, la sainte Geneviève de Madame Vigée-Lebrun mérite cependant de nous intéresser et cela pour plusieurs raisons qui lui donnent, à défaut de mérite artistique, une réelle valeur documentaire. D'abord c'est le seul tableau religieux qu'ait peint l'artiste; s'il n'ajoute rien à sa gloire, il semble trouver sa raison d'être et son excuse dans l'aimable hommage d'une paroissienne zélée. Mais ce n'est là qu'une apparence. Dans ses *Souvenirs* la donatrice ne pouvait dévoiler les raisons intimes de son acte. A la vérité nous sommes en présence d'un portrait posthume, d'une image douloureuse issue d'une ardente crise morale, véritable ex-voto qui apaisa sa conscience.

Le visage de la Sainte, expressif et joli, qui fait penser à une tête de Greuze, nous en connaissons le modèle : Madame Vigée-Lebrun lui a prêté les traits de sa fille, de cette enfant choyée, adorée jusqu'à son mariage, et délaissée ensuite au point de n'être pas

II. — Église de Louveciennes
Sainte Geneviève, peinture de Madame Vigée-Lebrun

même secourue à l'article de la mort. Aucun doute n'est possible quand on rapproche cette image du portrait peint en 1792, et conservé au musée de Bologne, où elle a représenté sa fille à l'âge de quatorze ans[1]. On sait quelle facilité elle avait pour peindre de mémoire, les exemples sont nombreux; puis les études ne lui manquaient pas, par exemple le célèbre tableau du Louvre qui resta toujours en sa possession. Sa fille était morte au mois de décembre 1819, âgée de quarante et un ans, mais nous la retrouvons ici dans tout l'éclat de la jeunesse, précisément au temps de ce mariage funeste qui devait ruiner leurs relations.

Ainsi il fallut cette mort pitoyable pour arracher la mère passionnée à son ressentiment, pour donner place dans son cœur à la pitié, au pardon et peut-être au remords. « Car les torts de la pauvre petite étaient effacés, je la revoyais, je la revois encore aux jours de son enfance », et pendant vingt années, lors de ses visites à la vieille église, elle revit l'enfant sous les traits de la Sainte.

Le tableau de Louveciennes présente encore une particularité : sur le livre que la pieuse bergère tient ouvert sur ses genoux, on lit distinctement : *Pour le dimanche des Rameaux*. Ce n'est peut-être qu'une indication touchant l'époque du don fait à la paroisse par Madame Vigee-Lebrun, mais n'est-ce que cela ? Volontiers nous y verrions de plus une allusion à un autre épisode dramatique de sa vie et bien digne de l'avoir incitée à cet hommage reconnaissant envers la Patronne de Paris.

Les beaux jours de 1820, elle les passa à voyager en France pour dissiper ses tristes pensées; la sainte Geneviève n'a donc été peinte qu'en 1821 et offerte à l'église le dimanche des Rameaux de l'année suivante, soit le 31 mars 1822[2]. Pour comprendre à quel point l'anniversaire du 31 mars ranimait l'indignation de l'artiste et la gratitude de la chrétienne, consultons ses *Souvenirs* :

Je partais pour Louveciennes avant les premières feuilles, en sorte que j'y étais tout établie lorsque les Alliés s'avancèrent une seconde fois sur Paris. Chacun sait que les troupes étrangeres ont beaucoup plus maltraité les villages que les villes; aussi n'oublierai-je jamais ma nuit du 31 mars 1814.

Ignorant que le danger fût si prochain, je n'avais pas encore médité ma fuite; il était onze heures du soir et je venais de me mettre au lit lorsque Joseph, mon domestique, qui était Suisse et parlait l'allemand,

---

1. M. de Nolhac en a donné une bonne reproduction héliogravée dans son beau livre, édition in-4°, en regard de la page 152.

2. Le *Registre de la Confrérie de Sainte Geneviève de Louveciennes* ne mentionne pas le don de la peinture, mais il note cette dépense, en 1822 précisément : « Payé pour le cadre du tableau, 10 fr. 20. »

entra dans ma chambre, pensant bien que j'aurais besoin d'être protégée. Le village venait d'être envahi par les Prussiens qui mettaient toutes les maisons au pillage, et Joseph était suivi de trois soldats à figures atroces qui, le sabre à la main, s'approchèrent de mon lit. Joseph s'égosillait à leur dire en allemand que j'étais Suisse et malade; mais, sans lui répondre, ils commencèrent par prendre ma tabatière d'or qui était sur ma table de nuit. Puis ils tâtèrent si je n'avais point d'argent sous ma couverture, dont l'un se mit tranquillement à couper un morceau avec son sabre. Un d'eux.. leur dit bien : *Rendez-lui sa boite*, mais loin d'obéir à cette invitation, ils allèrent à mon secrétaire, s'emparèrent de tout ce qui s'y trouvait et mes armoires furent pillées. Enfin, après m'avoir fait passer quatre heures dans la terreur la plus affreuse, ces terribles gens quittèrent ma maison où je ne voulus pas rester davantage.

Certes ce récit d'invasion est sincère et pathétique, cependant il est impuissant à nous émouvoir, pour un peu les brutalités des Prussiens de 1814 prêteraient à sourire. C'est qu'un siècle a passé, un siècle tout pétri d'idées humanitaires et dont l'aboutissement criminel stupéfie nos consciences.

***

Le meilleur jugement porté sur Madame Vigée-Lebrun, nous le devons à M. Pierre de Nolhac :

Elle n'appartient pas à la lignée des grands peintres... mais elle a son rang parmi les maîtres du portrait, car elle porte un exact témoignage sur son époque. Elle a compris merveilleusement les femmes de sa génération et les a représentées comme elles rêvaient d'être admirées..., c'est la femme française que Madame Vigée-Lebrun sut rendre le mieux, et c'est elle seule qui fait durable son aimable gloire.

N'oublions pas qu'elle était Parisienne, qu'elle est née, qu'elle a vécu jusqu'à la Révolution dans le quartier où voisinaient alors couturières en vogue, marchandes de modes, vendeurs de soieries et de dentelles aux boutiques magnifiques. Et cet incessant contact aux sources où s'élaboraient tout le joli, tout le nouveau des fantaisies féminines, développa son sens inné de l'harmonieux. Elle posséda à un haut degré l'adresse ingénieuse de parer, d'embellir ses modèles, souvent son goût lui fit devancer la mode — elle connut même la diatribe pour avoir osé peindre une Reine habillée de mousseline blanche — mais le sentiment de la mesure la garda toujours contre l'exagération. C'est là, pour une grosse part, le secret de son art charmant.

Exporté de Paris au cours d'une vie errante, le talent gracieux de l'artiste à la mode fut goûté de toute l'Europe, et les nombreux portraits qu'elle a laissés au loin sont comme autant d'hommages rendus à la gloire de sa ville natale. Son œuvre, à la fois sincère et superficiel, plus coloré que solide, est une émanation fidèle de l'art français du XVIIIe siècle à son déclin et l'adroit commentaire du goût parisien.

Aussi cette tombe de Louveciennes a-t-elle pour nous, en ces heures angoissantes et glorieuses, la valeur d'un symbole. Madame Vigée-Lebrun repose au milieu des canons. La sainte Geneviève qu'elle peignit lève les yeux au ciel dans une ardente prière. Les canons et la Sainte ont veillé sur la tombe et protégé la Ville.

Paris. — Typ. PH. RENOUARD, 19, rue des Saints-Pères. — 53199.

www.ingramcontent.com/pod-product-compliance
Ingram Content Group UK Ltd.
Pitfield, Milton Keynes, MK11 3LW, UK
UKHW021038200726
13857UKWH00005B/1791